KB110792

詩가 흐르는 골목길

소통과 힐링의 시

詩가
흐르는 골목길

권경자
정구온
홍선표
김경희
서광자
최덕희
신동희
국승연
한정혜
이승은
이인환
이정희
윤석구

출판이안

소통과 힐링의 시

詩가 흐르는 골목길

초판 인쇄 | 2017년 09월 18일
초판 발행 | 2017년 09월 21일

지은이 | 권경자 정구은 홍선표 김경희 서광자 최덕희 신동희
　　　　국승연 한정혜 이숭은 이인환 이정희 윤석구 공저

펴낸곳 | 출판이안

펴낸이 | 이인환
등　록 | 2010년 제2010-4호
편　집 | 이도경, 김민주
주　소 | 경기도 이천시 호법면 단천리 414-6
전　화 | 031)636-7464, 010-2538-8468
팩　스 | 070-8283-7467
인　쇄 | 세종피앤피
이메일 | yakyeo@hanmail.net

ISBN : 979-11-85772-44-8 (03810)

「이 도서의 국립중앙도서관 출판예정도서목록(CIP)은 서지정
보유통지원시스템 홈페이지(http://seoji.nl.go.kr)와 국가자료
공동목록시스템(http://www.nl.go.kr/kolisnet)에서 이용하실
수 있습니다. (CIP제어번호 : CIP2017022311)」

값 10,000원

서시

가까울수록 수시로 표현해야 한다
자주 볼수록 애써서 챙겨야 한다

사랑한다고 덕분에
정말정말 행복하다고

바람처럼 골목골목
꽃처럼 향긋향긋

친숙할수록 더더욱
감미로운
시어로 속살속살

권경자

뒤돌아 보니 기쁘고 좋은 날도 많았지만
바쁘게 살았던 날이 더 많았던 것을

"세상에 아프지 않은 사람이 어디 있어요? 만나서 이야기 나누다 보면 누구나 죽을 것 같은 아픔 하나씩은 가슴에 품고 있더군요. 어떤 분은 비오는 날 다 큰 딸아이가 자전거 타고 나갔다가 수로에 빠져 영영 돌아오지 못할 길을 갔다고 하더군요. 아픔은 혼자 가슴에 품고 있으면 병이 되잖아요. 이렇게 좋은 사람끼리 만나 아픔을 털어놓으면 응어리도 풀리고 얼마나 좋아요. 다 그렇게 사는 거죠."

배움은 끝이 없어 팔순을 바라봐도 배우는 건 즐겁다

　권경자 님은 1942년 경북 안동에서 태어나셨고, 국가유공자인 남편과 2남 3녀를 잘 키우며 행복한 삶을 보내고 있었습니다. 둘째아드님을 신종플루로 잃고, 남편마저 그 충격으로 쓰러지자 효심 가득한 따님들이 이천으로 모셔왔다고 합니다.

　지금은 '아픔을 가슴에 품고 있으면 병이 되지만, 잘 풀어내면 치유가 되고 힐링이 된다'는 말에 흠뻑 빠져 소통하며 힐링하는 시를 쓰는 재미로 심심할 틈이 없이 행복하게 살고 있다고 합니다.

　　　배움은 끝이 없어
　　　팔순을 바라봐도 배우는 건 즐겁다
　　　어울림이 있어 좋고
　　　하나하나 깨달음이 작은 꿈을 키우는 곳

　　　짙은 향 커피 한 잔의 여유로
　　　어설픈 글 다듬다 보면
　　　예쁜 시가 되고

11

생각하고 느끼는 것 옮기다
보면
알알이 영글어 진주알이 되네

- 권경자의 '시창작교실에서' 중에서

"우리 나이에 집에만 있어봤자 뭐하겠어요? 시를 배우니 심심할 틈이 없어요. 밤에 잠이 안 오더라도, 창밖의 내리는 비를 보더라도, 손녀와 놀더라도, 텃밭의 채소의 물을 주더라도, 퍼뜩 떠오르는 생각을 가꾸고 다듬다 보니 시가 되고, 소소한 행복이 되니 이 얼마나 좋아요. 심심할 틈도 없고…."

어느덧 팔순을 바라보는 우리 시대의 어머니, 백세시대에 사람이 어떻게 노년을 가꿔야 하는지 온몸으로 일깨워주는 권경자 님의 아름다운 삶이 '시가 흐르는 골목길'에 펼쳐지고 있습니다.

어머니

할머니가
되어도
어머니는 역시
그리운 것

생각만 해도
눈물이 날 것 같고
보고 싶기만 한
어머니

살며시
눈을 감아 봅니다
당신 품속에서 아직도
어린 내 모습을 보네요

석 류

할머니 정답게 부른다
예쁜 손녀가
무엇이 먹고 싶어

석류 하나
반으로 갈라
한 알 한 알
다 먹고
살며시 잠든다

잠든 아이 들여다 보며
어찌 요렇게
살며시
눈감고 감사하다
복사꽃 볼이 너무 귀여워

사진 하나 눈물 하나

어느 날 내게
소중하게 보내주신 자식
비바람 막아가며
거름 주고 물 주며 꿈을 키웠지

저 별은 나의 별
이별도 나의 별
별과 같이 쳐다만 보며
하늘 높은 줄만 알았지

어느 순간에
한 마리 나비되어 멀리 날아가고
보이지 않는 뒤안길에서
그리움만 뜨겁게 남아

텃밭에 사랑을 심고

1.

마당 한 켠 조그맣게
북을 만들어 거름 넣고
호미로 다독다독

옥수수 배추 강낭콩
들깨 파 오이
무 부추 당근
땅이 빛나고 흙이 웃는다

2.

사랑은 돈으로 살 수 없었네
함께 하는 것만으로도
억만금을 주고도 살 수 없는
즐거움

주는 것 이상 되돌려 주니
보는 이 마음도
더불어 커가네

감자 두 알

아침 대용으로 먹은
감자 두 알
친구에게 자랑했더니
혼자 먹지 말고 보내라 하네

어떻게 보낼까 갈 수 없으니
으음?
사진에 담아 보내야지
예쁘게 담아 보냈더니
호호호 하하하
친구야 맛있게 잘 먹었어
둘이서 호호 하하
오호
감자 두 알

자음 모음

변함없이 시작되는
악을 쓰는 소리
아내의 고함소리
남편의 부수는 소리
아이는 비명으로 울어대고

일주일 간격은 너무 멀다네
듣는 이웃 조여 드는 듯
무엇 때문일까
서로 맞춰가며 살 수는 없는지

자음 모음은 내뱉는 게 아니라
가슴으로 품을 때 힘이 있는데

이웃집

주인 없는 마당 한 켠에
목련 두 그루 활짝 피어
보는 이 마음을 씁쓸하게 한다

화사하게 피었지만
아마 울고 있을 거라고
며칠 전 봉오리 만지며
곧 피겠구나 하시던 노인네

어느 새벽
구급차에 실려 가신 후
소식이 없다
들려오는 말엔 집중 치료 중

만발한 꽃잎은
기다림에 지쳐
꽃샘바람 견디지 못하고
한 잎 두 잎
낙화되어 흩날리는구나

정구온

당신 앞에 한없이 작아졌을 때
당신은 내게 손을 내미셨지요

"제 안엔 늘 먹먹한 그리움이 자리잡고 있습니다. 시는 나를 찾아 떠나는 끝없는 여정이에요. 제 안에 살고 있는 또 다른 저를 찾아 끊임없이 여행하고, 표현하고, 분출하는 작업이 힘들 때도 있지만, 시를 쓰다 보니 일상에서 소소한 행복을 듬뿍 선물 받고 있네요."

들꽃 향기 풍기며
넉넉한 가슴으로
온화한
미소 지으며

정구온 님은 1953년 충남 온양에서 태어나 서울에서 자랐습니다. 여상을 졸업하고 선박회사에서 20년 가까이 커리어우먼으로 활동했습니다. 퇴직 후 인사동에서 수직을 짜며 골동품 및 토속선물 가게를 운영하며 좋은 사람들과 좋은 인연을 맺어왔습니다. 그 무렵에 남편을 만나 여주로 왔고, 지금은 1남 1녀의 어머니로 행복한 가정을 이루고 있습니다.

"가족과 친구에 관한 이야기를 시로 쓰고, 당사자들에게 전해줄 때 되돌아오는 행복은 상상 이상입니다. 시를 쓰니 더욱 행복할 일이 생기고, 소통과 힐링의 자리를 만들어 가니 이보다 좋은 일이 또 어디 있을까요?"

정구온 님은 언제나 가족과 친구, 이웃을 향한 따뜻한 사랑의 시를 쓰고 있습니다. 그 중에 특히 치매환자들이 주를 이루는 요양원병원에 봉사를 나가며, 그 곳에서 겪은 이야기를 '요양원 일기'로 연재하며, 우리 시대의 가족이란 무엇인가 생각하게 만드는 자리를 제공하곤 합니다.

"나 늙어 노인 되고
노인 젊어 나였으니
나와 노인 진배없다"

- 정구온의 '요양원일기' 중에서

젊어서 가족과 자식을 위해서 모든 것을 바친 어르신들,
하지만 물질 만능주의에 밀려 쓸쓸한 노년을 보내야 하는
요양원의 어르신들, 그 분들의 이야기를 노래하는 마음이
우리의 가슴을 울립니다.

띠잉~~
너무 무심했구나
다용도실에 쳐박아 놓은
가얏고 울음우는 소리

손이 부르트도록
튕기고 뜯던
진양조
중모리

휘모리장단

이제 음조차 까마득한데

다시

너의 가느다란 현 위에서

내 손이 춤을 출 날은 오려는가

너를 향한 짙은 사랑

다시 피워 올릴 수 있으려나

- 정구온의 '미완의 사랑' 전문

　정구온 님에게는 가얏고에 꿈을 싣던 젊은 시절이 있었습니다. 하지만 시인은 그 시대의 어르신들이 다 그랬듯이 가족의 생계와 자식의 행복을 위해 꿈을 접을 수밖에 없었습니다. 이제 젊은 날의 뒤안길을 돌아 거울앞에 선 우리 모두의 누님처럼 원숙한 여인으로 가슴　깊숙이 자리잡은 시심을 끌어올려 사랑하는 이들과 함께 소통하며 힐링하는 시를 짓는 시인으로 돌아왔습니다. 오로지 가족과 이웃에 대한 사랑으로 들꽃 향기 아름답게 피워 올리며 온화한 미소로 우리 곁에 머물고 있습니다.

꽃힐링

꽃향기 속에 묻힌다고 해서
너의 아픔이 사라지는 것은 아니겠지만

꽃이 웃어 준다고 해서
너의 울음이
웃음이 되는 것은 아니겠지만

꽃마중 가서 만났던
다섯 살배기 아이들의
해맑은 미소가
너의 얼굴을 환하게 해 주었듯이
아픔도 슬픔도
녹아 내렸으면 좋겠다

찔레꽃

보고픈 엄마 얼굴로
엄마 보고픈 내 마음으로
서럽게 서럽게 피었습니다

풀섶에도
울타리에도
논둑에도
많이도
많이도 피었습니다

들꽃

검불 속이면 어때요
스쳐가는 바람결에
그대 향기 묻어오듯이
고운 웃음 웃고 가신다면
마다하지 않겠어요

부서져 내리는 햇살 속에도
그대의 미소가 담겨 있듯이
피어날 수 있다면
아무데면 어때요
나 피어난 그 자리가
천상의 뜨락인 걸요

내 가슴에 파란 하늘을 담고
피워낼래요
님이 주시는 희망을 담고
피워낼래요
때로는 그 희망이
돌부리에 채일지라도
그래서 슬픈 그리움이 될지라도

님의 향기 발할 수 있다면
아무 곳에서든
어느 곳에서든
곱게곱게 피워낼래요

님의 사랑 담아낼 수 있다면
어디서든 방긋이 웃을 거예요
내 가슴에 한껏 님을 품고서
예쁘게 예쁘게 피워낼래요
검불 속이면 어때요
부서져
내리는
햇살이면 어때요

어머니의 노래

어머니의 손때가 묻은 그릇들
초가 지붕을 타고 올라간 박넝쿨
찌그러진 양은 주전자들
낡은 지게 앞에서

황조가를 쓰고 또 쓰던
어머니를 생각하네
외로움을 삭이며
가슴으로 울던
어머니의 노래를

어미 된 지 오랜 세월이 흐른
이제야 다시 새겨보는
황조가처럼
어머니의 노래가
마른나무 잎새처럼
버석이며
고을 고을 퍼져 나가네

아들
- 요양원 일기1

끙~끙~ 앓는 소리
"어르신! 어디 불편하세요?"
묵묵부답 침대옆 탁자 위에
봉투를 집더니 사진을 꺼내 보신다
"이 분이 누구세요?"
"아들!"
어르신의 입을 열게 해 준 유일한 단어
"아들!"
그 한마디 말을 위하여 얼마나
많은 언어를 삭이고 삭여야 했을까
얼마나 많은 언어를 걸러내야 했을까

"아들!"
영혼을 깨우는 소리
네가 나에게 오는 소리
내가 너에게 가는 소리

오로지 영감님 사랑
- 요양원 일기11

당신이 사는 나라는 어떤 나라입니까
치매인 당신에게
화장실 갈 때 슬리퍼 안 신었다고
나무라는 영감님
기저귀 케어할 때
얼마나 우격다짐으로 했는지
그 트라우마 때문에
건드리지도 못하게 하고
가까이 다가가기만 해도
때리고 욕설을 퍼붓는 당신

오매불망 찾는 이름은 오로지 영감님
부르다 지치면 울다가
울다가 지치면 다시 부르는 그 이름
어쩌다 면회를 와서도
따스한 말 한마디
다정한 눈길 한 번 안 준 채
먼 발치에서 바라만 보고 가는
영감님이건만
당신의 나라는 어떤 나라이기에
그리도 그리도
그리운 이름입니까

102세 어르신
- 요양원 일기12

"에구 이제 그만 살아야 할 텐데…"
늘 살려 달라고 하시고
먹을 것 좀 달라고 하시던
어르신이 안 하시던 말씀을 하신다

"지금 연세가 몇이세요?"
"육십 되었나? 아니 오십 몇 살인가?"
"아유, 청춘이시네요
 요즘은 백세 시대라
 그 나이면 청춘이세요"

한 주도 거르지 않고 오는
팔순 아들이 갈 때면
문 앞에서 차가 안 보이도록
손을 흔들어 주지만
아들이 왔다 가도 까마득
밥을 드셨어도 까무룩

홍선표

어느덧 육십갑자 한 바퀴가 돌았다
어느 사람 무엇 하나 소중하지 않은 게 없다

"어린이날이라 안부 전화했다."
"어머니, 아직도 제가 어린이로 보이세요."
"그럼, 내게는 아직도 어리게만 보이는 걸⋯."

홍선표 시인은 환갑이 되는 어린이날 아침에 구순을 바라보시는 어머니께 전화를 받으셨답니다. 세상에 이보다 아름다운 소통이 또 있을까요.

시인은 어머니뿐만 아니라 아내와 이웃들에게 일상어로 사랑을 표현한 소통과 힐링의 시들을 참 많이 발표하고 있습니다.

1955년 전북 임실 섬진강변의 가난한 집안에서 태어난 시인은 초등학교 때 문인협회에서 주최한 문예백일장에서 수상하면서 문학장학생으로 중·고등학교에 진학을 합니다. 하지만 졸업과 동시에 생활전선에 뛰어 들어야 했고, 사업에 매진하다 보니 젊은 시절은 문학과 동떨어진 삶을 살아야 했습니다. 사업이 자리를 잡고 안정된 가정을 이룬 지금은 가슴에 품고 있었던 문학적 감성의 꽃을 피워 올리고 있습니다.

"그의 시들은 고향의 산천에 가 있다. 고향 산천의 논과 밭과 형제들과 어머니의 발밑에 닿아 있다. 떠돈 것 같지만 떠돌지 않았고 떠난 것 같지만 떠나지 않았다."

시인의 첫시집 〈꽃잎에 쓰여진 시인의 노래〉에서 섬진강

시인 김용택 님은 시인의 시를 이렇게 평하고 있습니다. 맑고 순수한 어머니와 같은 섬진강의 정서가 고스란히 담긴 시인과 함께 해서 행복합니다.

> 고생을 행복으로 살아오다
> 끝자락 길을 걷는 어머니
> 손에 들린 봉다리
>
> 하얀 봉다리
> 까만 봉다리
> 푸성귀 무공해 사랑
>
> — 홍선표의 '봉다리' 중에서

어느 더운 여름날, 텃밭에 손수 지으신 채소를 비닐 봉다리에 담아 양손 가득 챙겨 오신 어머니의 사랑을 노래한 '봉다리'와 함께 할 수 있어 행복합니다.

봉다리

칠월의 햇살
바람조차
그늘을 찾는 오후

고생을 행복으로 살아오다
끝자락 길을 걷는 어머니
손에 들린 봉다리

하얀 봉다리
까만 봉다리
푸성귀 무공해 사랑

"이 애미 사는 동안
 아프지 말고 살어"
눈가에 이슬 맺혔네

삼 년 묵은 된장
곰삭은 사랑
어머니 어머니
어머니의 봉다리

어머니의 겨울채비

갈수록 뒤뚱거리는 걸음걸이 한 해 한 해 강단진 위엄도
사라지고 어린애 같은 순진함으로 환하게 다가오는 어
머니
이사를 해드렸다 계단을 오르내리시기 힘들어 하시기에
삼층에서 이층으로 방을 꾸몄다 오래 된 집이라 바람구
멍 창문을 보고만 있을 수 없어 며칠 후 아내와 함께 준
비해간 비닐로 겨울맞이를 해드렸다
집에 오자마자 울리는 어머니 목소리

"뭐할라 힘든데 왔다 갔냐?"
"어머니, 무슨 일 있으세요?"
"아니다. 고마워서 전화한다. 방에 들어오면 훈훈하고
정말 따숩다."

정겨움 풍기는 한 마디 자식들한테 뒷모습마저 아름답
게 남기시려는 어머니
따뜻한 겨울 햇살로 환하게 퍼져 온다

빈 의자

앉으라
등 내밀며
흔들흔들

내려가기 싫어도
언젠가는
비워야 할 자리

오늘도 삶의
작은 의자에
앉히고 앉혀보는
소박한 꿈

감자꽃

달빛
내린다
붉은 꽃
하얀 꽃

속마음
숨기고
아롱다롱

그리움만
더욱
하얗다

고향길

꼬부랑길
들꽃 한 송이
산등성에 묻혀

불러도
불러도
골짜기 메아리

그리움
텅 빈 하늘
구름 되어 흐르고

그림자 동행하니
행복한
고향길

빈 집

아버지가 심어
불혹 넘은
감나무

까치밥 하나
가을을
등에 업고

추억 한 웅큼
반겨주는
고향

춘희네집
그대로인데
지금은
무엇을 할까

노을속 맴 도는
잠자리 눈망울에
그려놓은
풍경

시는

쓴다는 것
섬광처럼 번뜩이는 찰나
옮기려는 머릿속은
칠흑 같은
어둠

마음속
허기를 채우려는
한 줄 두 줄
아직 완성된
한 편이 없어

아침은 또 오건만
산다는 건
늘 그러하듯 어려운 일
미완성이다
시는

김경희

지나간 오늘이 추억이라는 기억만으로
행복이었다는 걸 이제는 알았습니다

"제 삶의 5할은 어머니입니다. 어머니 사랑을 많이 받았을 때는 정
작 모르다가 두 아이의 엄마가 되고 보니 어머니 가신 자리가 더욱
크게 느껴졌기 때문이죠. 있을 때 좀 더 잘 해드렸다면 하는 아쉬움
이 크기에 그만큼 그리움도 깊이 자리 잡은 거겠죠?"

미리내
결 고운 동행
화해진 입가에
별빛 묻어있다

김경희 시인은 1962년 경기도 이천에서 태어났습니다. 같은 이천 출신인 동갑내기 남편을 만나 두 아들의 어머니로 행복한 삶을 살고 있습니다.

    자식 겉만 낳을 뿐
    속은 스스로 채워야 한다는
    심오한 철학 심어 두고
    행여 얕은 자리 검은 얼룩질세라
    노심의 어머니 기도는
    깊어지고, 길어지고
                    - 김경희의 '영보사 그 자리' 중에서

시인은 "어머니는 물고기를 잡아 주기보다 물고기를 잡는 법을 가르쳐 주신 분"이라며, 자신도 어머니처럼 자식을 키우기 위해 노력하고 있다고 합니다.

"고기를 잡는 법을 가르치려면 말보다 먼저 모범을 보여야 하죠. 그만큼 시간과 인내를 필요로 합니다. 제가 어머니가

되어 보니 결코 쉽지 않다는 것을 알게 되었죠. 어머니가 항
상 큰 그리움으로 제 자리를 차지하고 있는 이유이기도 합니
다."

시인의 어머니가 자식을 위해 지극정성 기도를 하셨다면,
시인은 이제 자식을 위한 지극정성의 마음을 시로 표현하며
아름다운 소통을 하고 있습니다. 덕분에 두 아들도 시인이
바라는 대로 스스로 고기 잡는 법을 배워 당당한 청년으로
앞길을 헤쳐가고 있습니다.

"저는 이미 다 가진 사람입니다. 더 이상 욕심 부릴 일 없으
니 시를 쓰며 사랑하는 이들과 함께 즐거운 삶을 누리는 일만
남았다고 봅니다."

행복한 사람 곁에 있으면 행복은 배가 된다고 합니다. 시
인의 행복과 함께 할 수 있어 '시가 흐르는 골목길'이 더욱 밝
게 빛나는 것 같아 행복합니다.

접시꽃

한들거리는 청초
고요 속 움직임
공전, 자전 샛길
사랑꽃 아름 피었네

기다리지 않아도
반겨 올 시간
일편 연정 모습으로
햇살 담은 꽃잎

화려한 정원도 아닌
오가는 이 많은
길 가장자리
애초 생명 시작된 곳

반기는 일이 숙명인 양
무심히 지나는 발걸음에도
그리움 불러내어
웃는 꽃

영보사 그 자리

거역 되지 못한 숙명
단지 자식이었기에
애끓은 모정 성스러운 축원
그 무엇으로도 막을 수 없었지

자식 겉만 낳을 뿐
속은 스스로 채워야 한다는
심오한 철학 심어 두고
행여 얇은 자리 검은 얼룩질세라
노심의 어머니 기도는
깊어지고, 길어지고

도드람산 곳곳 물들인 염원
그리움으로 방울 수놓은
효의 전설 영보사 그 자리에서
내리사랑 위해 두 손 모으고

산 울리는 은은한 풍경
가슴으로 흘러내려
불멸 사모곡 몽실 피워 낸다

그때는 몰랐습니다

지나간 오늘이 정작
추억이라는 기억만으로
행복이었다는 걸
이제는 알았습니다

부지런함으로
장작 차곡한 부엌 앞에서
언제나 그러듯 햇살 미소 머금고
한 뼘 두 뼘 정성스레
멍석을 탄생시키는 아버지

그 옆 우물가에서는
달빛 미소 머금은 내 나이의 엄마는
붉은빛 도는 커다란 고무 다라니에
밭에서 갓 솎아 온 여린 열무 씻어내고

솔 화음으로 세상 때 묻지 않은
단발머리 중학생 딸 아이는
그 모습을 정지 화면으로
기록에 담아내면서도 행복인 줄

그때는 몰랐습니다

그때는 몰랐습니다
여름밤 하늘 아래에서 어머니 손 부채질에
달을, 별을 바라보면서도
시간이 영원할 것이라
단지, 그렇게 믿었습니다

시간이 가고 난 후 자국으로 남아
눈 시리게 다가오는 지난 날의 내가
행복한 시절을 보냈다는
부정하지 못하는 사실을
이제서야 알았습니다

담쟁이처럼

푸른 혈관이 부푼다
뿌리의 기억
전생에 멈추어진
고도의 벽

촉각 곤추세우고
전진이다
오를 사명이다

생각 혼란 오거든
속살 바람 소리
교향곡 삼아
잎새 춤사위 한마당

웃음으로 뻗어라
식어진 심장
마른 가슴
초록 물들 때까지

안 부

편안하신가요
살아지는 공간이 다르니
어떤 연서로 전해야 할지
빛 가려진 하늘만큼이나
한 뼘도 채 안 되는
가슴이 먹 조각입니다

높아진 가을 하늘
꽃 무리 흔들리는
서늘한 바람에도
서걱대는 갈대의 소곤거림에도
안부 적어 봅니다

말라버렸다 단념된
한편이 서늘해지고
미세한 움직임으로
한방울 샘물 만들고
강을, 바다를 이루어
물결을 만듭니다

전해지는가요
마음을 모아
전하고 싶은
사무친 그리움입니다

얼마만큼 더 살아야
퇴색될까요
그때가
언제일까요

곁눈질

타인이 포장해 놓은
겉모습에 현혹되어
희희낙락 화려함이
진정 참인 줄

넋 잃고 기웃하는 사이
자신에게 주어진 시간
얼룩덜룩 알싸하게
공허함으로 그려지고

아뿔싸

도돌이 해 본들
타인의 추억 영상에
정작 자신은
주인공이 아닌
오롯이 들러리였다는

세레나데

태초의 기억
무념 속 간직되어
별바라기 되었지

미리내
결 고운 동행
화해진 입가에
별빛 묻어있다

빛과 빛
소야곡 음률에
별과 별 뛰노는
천상의 발레리나 되고

깊어지는 독백
별은 더욱 빛나는데
고해의 사연은 옅어지네

빛 따라 내려
자장자장 자장가
다독이는 곡조에
별 길 쫓아 오른다

서광자

동시는 행복을 적시는 샘물이다
우리 함께 행복의 샘물을 마시자

"어느덧 할머니라는 호칭이 익숙해진 요즘 손주들의 몸짓, 말투,
표정 하나하나를 살피며, 동시의 세계로 빠져보는 시간들이 마냥 행
복하기만 합니다."

마음밭에
아름다운
또하나의
꽃씨를 심고

　서광자 님은 1953년 경기도 이천에서 태어나고 자랐으며,
대학에서 환경공학을 전공하고 환경관련 부서와 사회복지
부서에서 오랜 공직생활을 했습니다. 지금은 제6대 이천시
의원으로 활동하면서 지역의 발전과 문학예술 향상에 큰 힘
을 쏟고 있습니다.

　　"동심은 제 삶의 원천입니다. 아무리 힘들어도 아이들의 해
　맑은 미소와 순수한 마음을 생각하면 힘이 나곤 하지요. 젊
　었을 때는 자식을 위해 일했고, 요즘은 손주들의 재롱을 보며
　그들의 마음이 되어 동시를 쓰며 그 어느 때보다 즐거운 마음
　으로 일하고 있습니다."

　서광자 님은 아이들의 순수한 동심을 지켜주고 잘 보살펴
주는 것이 희망이라는 믿음으로 동요에 뜻을 같이하는 이들
과 교유하며 사단법인 한국동요사랑협회 초대회장으로 활
동했으며, 여전히 동시를 발표하며 동심이 우리의 미래라는
믿음을 실천하고 있습니다.

포로롱 포롱 포로롱
포로롱 포롱 포로롱

아기 산새들
숲속에서 잠깨어
날개짓 해요

- 서광자의 '아기 새들의 아침' 중에서

어려서부터 자연 속에서 살며 더불어 사는 이웃의 따뜻한 정이 흐르던 골목길을 기억하는 서광자 님은 요즘 할 일이 많다고 합니다. 순수한 마음이 담긴 동심으로 〈시가 흐르는 골목길〉을 위해 꾸준히 동시를 발표하며 우리 곁에 머물러 있습니다.

보고 싶은 도롱뇽

형아 형아!
우리 시골 할머니 댁 언제 가?
왜 자꾸 가자고 그래?
시골 가면 실개천에 도롱뇽 알 있잖아
또, 잡아 달라 조르려고?
아니, 아니
이번엔 얼마나 컸나
도롱뇽도 나처럼 키가 컸는지
보고만 올게

해바라기

노오란 해바라기는
해님이 엄마인가 봐
엄마를 바라보는
아가 눈망울처럼
해님 보면 고개 들어
활짝 웃는
해바라기는
엄마바라기

개구리 합창

할아버지 모 심으려고
물댄 논에

땅 속에 숨어 있던
개구리 가족
합창을 하네

개골개골 개골
이야기 보따리
끝이 없네

밤새도록
개골개골 개골

깊은 밤
정다운 이야기는
끝이 없네

오월 새벽길

새벽 어스름
아침 안개 덜 개인
앞마당

꽃 속의 정원인지
정원 속의 꽃인지

저 멀리 들판에서
어느 샌가
성큼 달려와

우리 집 앞에 모여든
이름 모를 들꽃들

옹기종기 꽃들이
반갑게 맞아주는
행복한 오늘
오월 새벽길

아기새들의 아침

호로롱 호롱 쨱쨱쨱
호로롱 호롱 쨱쨱쨱

아기 참새들
아침 일찍 일어나
앞마당에서 놀고

포로롱 포롱 포로롱
포로롱 포롱 포로롱

아기 산새들
숲속에서 잠깨어
날개짓 해요

상큼한 바람이
스치고 지나가면
꽃들은 눈 비비며
활짝 웃고요

아기 새들 즐거워
재잘재잘 재잘
행복한 노랫소리가
울려 퍼져요

도둑고양이

고양이 한 마리가
살곰살곰

사람 눈을 피해
먹이를 찾아다니다가

낮잠 자는 강아지를 보고
살곰살곰

강아지 밥을 먹기 시작하더니
이제 아주 털썩

밥그릇 속에 들어앉아
정신없이 먹다가

등 뒤에 강아지를 보고
고양이 제발 저려
난 아무것도 안 먹었어요
야옹

보기만 했어요
야옹 야옹
꽁지가 빠지게 도망을 친다

내 마음

하얀 종이에다
동그라미
내 마음을 그려요

기쁘고 즐거울 때는
함께 놀고 싶은
그리운 친구 얼굴 그려요

화나고 슬플 때는
언제나 내 편
푸근한 엄마 얼굴 그려요

도화지 위
내 마음
오늘도 알 수 없는
동그라미
내 마음

최덕희

전철 타고 할머니댁 가요
나는 온통 할머니 생각뿐이에요

"할머니가 되니 도시에서 나고 자란 손주들에게 동심을 찾아주고 싶었습니다. 아이들이 시골집에 찾아오면 논에 가서 올챙이 잡고 냇가에서 물고기 잡으며 놀고 화초밭에 꽃이름 가르쳐 주며 마당을 같이 뛰어 다니고 놀아 주며 행복을 찾았습니다. 그 마음을 그대로 담고 싶어서 동시를 배우기 위해 노력했고, 이렇게 동시를 지으며 손주들의 마음을 얻어가는 행복을 누리고 있습니다."

서로 보고
웃고 있어요
수줍어서
웃고만 있어요

  최덕희 님은 1952년에 이천에서 나고 자랐습니다. 결혼도 이천에서 하고 이천에서 평생을 살고 있어 토박이가 되었다고 합니다. 세 딸이 모두 결혼해서 각자 2명씩 전체 6명의 손자와 손녀를 두고 있는 할머니입니다. 이천에는 남편과 둘이 살고 계시며, 한국사진작가협회 회원으로 활동하면서 전세계를 여행하며 수집한 기념품들을 모아 놓은 개인 갤러리 '인당'을 관리하고 있습니다.

  최덕희 님은 시골에서 태어나 자연 속에서 대가족과 더불어 나눔과 협동심을 배우며 자란 것이 인생에 무척 도움이 된 것 같다고 합니다.

  논두렁 밭두렁 뛰어 다니며 놀던 어렸을 적 추억을 못 잊어 수필을 쓰기도 했지만, 자연 속에서 놀았던 기억들이 언제나 포근히 다가오는 것을 다 표현할 수가 없어서 동시에 관심을 갖고, 동심을 표현하기 시작했다고 합니다.

"동시를 쓰기 시작하니 손주들과 대화거리가 생겼어요. 제
목이 생각나면 아이들에게 물어 보고, 할머니와 똑같은 생각
을 한다고 할 때는 정말 아이들과 통하는 것 같아 마냥 행복
하기만 하지요. 그 맛에 즐거운 마음으로 동시를 쓰며 소통하
고 있습니다."

손주들에게 글쓰는 멋쟁이 할머니로 남으면 더 없이 행복
하겠다는 시인의 마음이 '시가 흐르는 골목길'을 수놓아, 시
인의 손주들만이 아니라 이 땅의 모든 아이들에게 고스란히
전해졌으면 하는 소망을 담아 봅니다. 시대를 초월한 소통
의 자리가 될 것이라 믿으며….

살살이

사알살 시냇물이
어디를 가는 걸까
물고기랑 수영하더니
금세 소금쟁이랑
숨바꼭질 하러 가나

콧노래 부르며
온 동네 친구 찾아
바쁜 걸 보니
친구도 많은가 봐요

호기심도 많아요
산골 마을이 답답한지
엄마 몰래
큰 강으로 놀러도 가요

구름아 너는

너는 좋겠다
파란 하늘 둥실 떠다니며
온 세상 볼 수 있으니

너는 좋겠다
낮이면
해님과 소꿉놀이
밤이면
별님과 꿈나라
여행할 수 있으니

나랑은
언제 놀아줄래?

산딸기

누가 볼까 숨어 있어요
주인이 지나가도
인사할 줄 모르고
얼굴 붉히며

어느 날
한껏 붉어진 채
들키고 말았어요
그래서
더욱 빨개졌어요

옥수수

할아버지 댁 옥수수밭
처음엔 애기 같더니
비 온 후엔
내 키만큼 컸어요
다음엔 언니 키만큼 클 거예요

할아버지 발자국 소리만 듣고도
쑥쑥 큰대요
나만큼 할아버질 좋아 하나 봐요
나는 기침소리만 듣고도
할아버질 알아채지요

낮달맞이꽃

어젯밤 집에 못 간
달님이
아직 하늘에 있어
가지 않고 머물렀대요

하얀 달님도
예쁜 미소 보려고
집엘 안 갔나 봐요
서로 보고 웃고 있어요
수줍어서 웃고만 있어요

물놀이

누워서 보트 타면
흰구름이 따라오며
같이 놀자고 해요
기차도 되고 토끼 강아지
변신 놀이 즐기며
웃고 있어요

파란 하늘이
빙글빙글 돌면서
재미 있대요
하늘에도
물놀이가 있나 봐요

이천역 가는 길

전철 타고
할머니댁 가요
어떤 사람은 자고
어떤 사람은 먼 산을 보지요

구름도 보이고 나무도 보이고
도자기 벼도 보이고
넓은 고구마밭도 보여요
하지만 하지만
나는 나는 온통
할머니 생각뿐이에요

신동희

마음 먹으니까 되네
알아가니 행복하네

"손녀와 함께 시로 소통하니 정말 좋네요. 함께 나눴던 이야기를 그대로 옮겨 시로 쓰고, 손녀에게 보여주니까 할머니 좋다고 하니 얼마나 좋은지 모르겠어요."

1950년 충북 단양에서 태어나신 신동희 님은 영락없이 전형적인 우리 시대의 현모양처입니다. 젊었을 때 공무원 생활을 하다 학교 선생님이자 국가유공자이신 남편을 만나 결혼과 동시에 내조와 자녀 교육에 전념하시다가, 남편이 폐렴으로 돌아가시자 이천호국원으로 모시고, 남편 가까운 곳에서 살고자 이천으로 이사를 오셨다고 합니다.

공무원인 큰아드님과 회계사로 일하는 워킹맘인 며느리를 도와 평일에는 서울 개포동에서 손주들을 돌보고, 주말과 월요일 하루는 자기계발을 위한 시간을 투자하고 있다고 합니다.

나는 이렇게 사나 보다 했는데
좋은 이웃을 만났네
용기를 내어 행복꽃 피우네
- 신동희의 '늦깎이' 전문

교회와 시창작교실에서 좋은 사람을 만나고 새로운 것을 배우는 재미를 '늦깎이'라는 시로 표현했습니다.

남편에 대한 사랑과 그리움을 표현하며 힐링의 시간을 갖고, 손녀들과 함께 나눴던 이야기들을 시로 표현하며 새콤달콤한 소통의 시간을 갖는 날들이 마냥 행복하다고 하십니다.

"행복하죠. 남들은 손주들 보기 힘들지 않냐고 하는데, 그럴 틈이 없네요. 애들이 좋아하니 저도 좋고, 제가 좋아하니 애들도 좋아하고 정말 좋아요. 시를 쓰면서 정말 행복한 시간을 보내고 있습니다."

어느 날 돌 하나
뚝 떨어졌네
강가에 길가에
무심했던
돌 돌 돌
황금돌 되었네
                        - 신동희의 '늦깎이2' 전문

할머니와 손녀

할머니 나는 할머니 껌딱지 사랑딱지
이 말 들을 때 행복하네 그래 나두나두
언제까지 할머니 사랑할까?
100년 영혼까지
할머니가 되어도 껌딱지 사랑딱지
듣고 또 들어도 웃음꽃 피네

사랑 나무

사랑이 하은이 나무 곁에
살짝 앉았어요
그늘이 없어 앉기가 힘들었어요
하은이 한 마디 사랑한다고
사랑 주사 쭉 넣었더니
사랑나무가 되었어요
어느 새 오는 사람
가는 사람
그늘에 앉아 쉬어 갑니다

손주들에게

우리 보물들은 무슨 나무가 될까
늘 푸른 소나무가 될까
은행이 많이 달린 은행나무
단단한 참나무
쭈욱 쭈욱 뻗은 대나무가 될까
열매를 많이 맺는 포도나무 될까

우리 보물들은 무슨 나무 될까
할머니 다 되고 싶어요
그래 그래
할미꽃도 사랑해 주면
무슨 나무든 다 될 수 있을 거야

책가방
- 너의 아픔과 고통이
  나의 고통과 아픔이다

무겁지 어떻게 할까
내려놓고 버릴까
힘들지 벗어놓고
생각하지 말까
버리고 생각하지 않으면
편하긴 하겠지

희은아, 어때?

고구마
- 남편 회상

내 아내 내 며느리 좋아한다고
땡볕 불볕 무섭다 않고 고구마 심던 모습
주인의 발소리 듣고 자라난다고
아침 저녁 땀 흘리던 모습
알맹이 주렁주렁 싱그런 고구마
허허 허허 하하
좋아라 하던 모습
고구마 익어 입 속에 들어가는 모습
좋아라 하던 모습

먹이를 물고 가는 새

새를 바라보면서
어미 마음을 바라봅니다

이고 메고 끌고 지고
저 새와 같은 어머니들
깨지고 눌러지고
부서지고 갈라지고
병이 친구처럼 다가와

아이구 아이고
다리 어깨 허리
쩔뚝쩔뚝
눈시울이 젖어오네

나도 그 사랑을 어버이가
되어 알았거늘

연수야

우리는 언제부터인가
짝 잃은 기러기가 되었어
같이 있으면 편안하고
안 보면 궁금하고
시간을 같이 하는 기러기

늦은 밤
어떻게
외롭지 않아?

마음으로 보듬어 주고
버팀목
마음 써주는 기러기
같이 울고 웃고
다니고 챙기고 보고 싶고
우리 놓고 간
기러기들을 만날 때까지

국승연

처음 당신을 만난 날부터
당신과 함께여서 정말 다행입니다

"시를 쓰면서 남편과 관계가 좋아졌어요. 어떨 때는 시큰둥한 반응을 보일 때도 있지만, 이렇게라도 제 마음을 시로 표현해 주니 확실히 좋아하는 것을 느낄 수 있어서 좋아요. 가족을 위해 새벽에 일 나가는 모습을 볼 때는 짠하기만 한데, 그런 것을 시로 표현해 주니 제 마음을 알고 더욱 잘 해 주려고 하는 것 같아요. 앞으로 더욱 남편을 위한 시를 많이 써야겠다는 생각입니다."

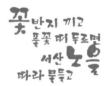

1973년 경기도 이천에서 태어난 국승연 님은 한 가정의 아내이자 1남 1녀의 어머니이기도 합니다. 어렸을 때부터 아버지를 가장 존경했고, 지금은 돌아가신 아버지를 언제나 향수처럼 가슴에 안고 살아갑니다. 아버지께 못다 표현한 사랑을 남편에게 아낌없이 표현하며 행복한 삶을 꾸리고 있습니다.

"아버지를 생각하며 있을 때 더욱 잘해야겠다는 생각을 합니다. 아무리 사랑해도 있을 때 표현하지 못하면 무슨 소용이 있겠나 싶더군요. 지나간 다음에 후회해 봤자 아무 소용이 없다는 것을 절실하게 느꼈습니다."

국승연 님은 남편이 행복해야 가족이 행복하다는 것을 잘 알고, 가족의 행복을 위해서는 아내가 수시로 남편에게 사랑을 표현하는 것을 실천으로 옮기고 있습니다. 사랑표현에 인색해 지면서 갈수록 이혼율이 높아지고, 급속도로 가정이 붕괴되고 있는 우리 시대에 뜻깊은 울림을 주고 있습니다.

"처음이 힘들지 한번 표현하고 나니 점점 쉬워지더군요. 남편이 좋아하는 모습을 보니 더욱 신이 나기도 하고요. 지금은 제가 좋아서 이렇게 시를 쓰며 행복을 추구하고 있습니다."

일상에서 남편에게 시로 사랑을 표현하며 시로 행복을 추구하는 국승연 님의 사랑이 모든 이들에게 오롯이 전해지는 '시가 흐르는 골목길'이 되었으면 하는 바람을 담아 봅니다.

호국원 하늘

눈부시게
그리운 맘

슬쩍 구름에
묻어 놓고

아버지
아버지

비오는 날 칼국수를 좋아하셨지

잊힐 듯하건만
기억은 또 다시
비와 함께 당신 향기를

지독한 그리움
조심스레 꺼내어
그리고 또 그리는
가락 가락 힘겹게 드시던 아버지

아마도 그건 빗물이겠지
빗물이겠지
눈물이겠지

그리움 짙은 나의 오월

색 짙어진 신록처럼
아버지 당신은
바람이 되어 버리셨습니다

귓가를 스치는 바람
오늘은
무척이나 보고 싶습니다

경계 구분 지어진 세상
홀로 평안하신지
꿈에도 보이지 않고

애절하게 스미는 향기
사연 가득 전하지 못한 편지로
깊이 깊이 쌓여만 갑니다

새벽일 나가는 당신에게

커튼 사이로 스며드는 세상은
아직 어스름입니다
홀로 밤을 샌 골목길 외등을 생각해서인지
수다스런 참새들도 고요합니다

가지수 많지 않은 찬으로
도시락 하나 싸는 소리가
새삼스레 크게 느껴지는 날

동트기 전 시작되는
당신의 하루를 배웅하는 일이
쉽지 않으나 행복의 시간임을
알게 되는 날들입니다

새벽 차 한잔의 향기로움과 여유
고요한 세상이 눈뜨는
아름다운 풍경을 누릴 수 있는 기쁨은
덤으로 얻어 지는 행복입니다

처음 당신을 만난 날부터
당신과 함께여서 정말 다행입니다
당신의 새벽이 있어 삶의 감사를
배우는 나날
습관처럼 당신의 안녕을 기도합니다

남편에게

수많은 사연 점점이
시리던 계절 끝나
향 진한 꽃 피고
꽉 차게 영글은
열매 가득 하구나

그대여
남아 있는 시간 여행도
행복하게 달려가 보자
종착역 다다를 때까지

매일 당신에게

당신을 만난 건 내 심장의 주파수와
당신이 보내는 심장의 주파수가
꼭 맞아서였을 겁니다
그리운 날엔 맘껏 그리워하고
사랑하고픈 날엔 사랑하며
미운 날엔 달콤한 시럽을 뿌려 두고
가슴 아픈 날엔 효과 좋은 파스를 붙여 둡니다
가끔은 빨간 약도 반창고도 필요하겠지만
그런 일은 없었으면 좋겠습니다
쓸쓸함보다는 달콤함으로
날카로움보다는 두리뭉실함으로
차가움보다는 따뜻함으로
당신과 함께 살아 숨 쉬는 동안은
하루가 선물처럼 기쁜 날이기를 바랍니다
걱정보다는 아낌없는 격려를 보내주는
당신과 내가 됐으면 좋겠습니다

열대야가 대목인 친구

그녀의 한여름은
조그마한 얼굴에 자리 잡은
애교스런 주근깨만큼 분주하다

열기를 피해 찾아드는 손님들
활짝 핀 미소로 살갑게 반겨준다

투 샷 진하게 정성을 더한 커피
스르르 더위를 녹여내는 치즈빙수

오가는 이들의 발길을 자석처럼 이끄는
그녀의 카페는 시원한 주문을 읊는다

"아이스 아메리카노
썬리치노 요거트 치즈빙수 주세요"
시원해 져라
시원해 져라

한정혜

토닥토닥 서로의 등 두드리며
오래오래 손잡고 나눈 이야기

"소통과 힐링의 시라는 것이 참 좋아요. 일상에서 소소한 일도 다 시로 표현할 수 있으니 얼마나 좋은지 모르겠어요. 시를 쓰기 이전에는 그냥 지나치거나 흘러버리던 일상들이 이제는 한 폭의 그림처럼 다가오곤 해요. 또 무슨 일을 하다가도 슬쩍슬쩍 시상으로 떠오르고 그것을 글로 써서 요렇게 저렇게 다듬다 보니 깊은 재미가 느껴지네요."

깊을수록 빛이 나는 이야기 펼칠수록 가까워지는 우리

1972년 서울에서 태어난 한정혜 님은 대학에서 국악을 전공했고 이와 관련된 방송프로그램의 작가로 첫 글쓰기를 시작했습니다. 결혼 후에는 두 아이를 키우면서 아동문학에 대한 관심을 가졌고, 한겨레문화센터 아동문학작가교실을 통해 글쓰기를 이어갑니다.

1970~80년대 한정혜 님이 자란 서울은 충분히 뛰어 놀 수 있는 자연과 책을 가까이 할 시간이 많았지만, 요즘 아이들은 그러지 못해 매우 안타깝게 생각하면서 아이들에게 동화와 동시로 자연에서 자란 것과 같은 정서를 키워주는 길을 선택했다고 합니다.

럭비공 같은 사춘기를 치르는 두 남매를 키우면서 어린이 청소년문학의 중요성을 깨달았고, 아이들을 이해하고 인정하고 소통하면서 이 시대에 필요한 바람직한 어른의 모습을 찾아가고자 노력하고 있다고 합니다.

"애들이 어디로 튈지 모르는 것은 그 속에 무궁한 창의력을 가지고 있기 때문이라고 봅니다. 그래서 나에게 애들을 맞추려 하기보다 애들한테 나를 맞춰보고 아이들 마음으로 세상을 보려는 노력하고 있지요."

수업할 때 안 오더니
놀려할 때 우르르 꽝
우산 펴면 멈췄다가
접자마자 쏴아쏴아

신나게 같이 놀다
치우라면 메롱메롱
얄미운 동생 같다

내 맘도 모르면서
오빠라고 쏟아붓는
엄마의 잔소리 같다

- 한정혜의 '소나기' 전문

〈시가 흐르는 골목길〉을 통해 타고난 상상력을 가진 작가의 재능으로 어린이청소년과 소통하기 위해 동심을 추구하는 한정혜 님과 함께 할 수 있어 행복합니다.

봄날

생강나무꽃 산수유꽃 영춘화
개나리 진달래 철쭉
흰머리 보드라운 할미꽃까지
모두 다 봄이라고 돌아왔는데
울엄만 어디서 오지를 않네
내 맘에 웃음꽃 활짝 필 텐데

밤꽃꿀

"아! 해 봐."
엄마가 밤꽃꿀을 떠주셨다

처음엔 쓴맛 나서 눈을 꼭 감았다
밤이 되었네
나중엔 단맛 나서 눈을 활짝 떴다
꽃이 되었네

한 입 먹고 알았다
왜
밤 꽃 꿀인지

오늘은 뭘 더 해줄까?

살 뺀다 안 먹고
운동한다 덜 먹고
힘들었는지 한 뼘 반
키만 쭈욱 크고
배 허리 볼살이 패였다

밥투정 없는 아이
전복된장찌개 콩나물국 소고기무국
명이나물 가지나물 도라지무침 깻잎김치
방학을 하자마자 좋아하는 반찬으로
열흘 동안 밥상에 꽃을 피웠다

"엄마. 별모레 수영장 가야 하는데
이게 안 들어가. 작아, 작아!"

방긋방긋 보조개 드러내며
엉거주춤 거실로 나오는데
윗도리는 수박 반 통 끌어안은 듯한
뱃살을 못 덮어 어깨에 턱 걸리고
바지는 언덕배기에 자리한 학교까지
거뜬히 오르내릴 허벅지에 딱 걸렸다

다시 사자고 약속하며
나는 자꾸만 히죽거렸다

별똥별과 비꽃비

1.
별똥별 바라보며 소원 빌면 이뤄진대서
할머니 얘기 따라 나가봤지만
나는 나는 한번도
못 만났어요

두 손을 가지런히 모아붙이고
동그랗게 눈뜨고 기다렸지만
나는 나는 언제나
잠이 먼저 와

2.
맑은 날만 별똥별 볼 수 있대서
오늘은 틀렸나 고개 숙이고
작고 얕은 웅덩이 바라보는데
빗방울 꽃망울이 팡팡 피어나

하늘에서 할머니가 보내주셨나
비꽃비 금방 사라질까 봐
두 손 모아 얼른 눈 감았어요

내일 시험 올백 맞게 해주세요
이번 주 짝꿍은 은성이랑 됐으면
백 밤 일찍 잘 테니까 키 좀 크게 해주세요

아차차
보고 싶은 할머니!
거기서도 오래오래 건강하세요

달팽이와 친구되는 법

안녕
내 친구를 소개할게
얘는 지구에서 삼십팔만사천사백 킬로미터
떨어진 달나라에서 왔어
달주변을 팽팽
하루에 백 바퀴를 돌 수 있어서
이름도 달팽이가 되었대

어느 날 하느님이 그랬대
"지구는 너무 바빠. 너무 아파. 달팽이야."
그 순간 달팽이는 고개를 쭉 내밀어
달과 지구를 잇는 안테나 두 개를 세우고
빙빙 비행접시 우주선을 만들어
지구로 온 거래
사람들은 그것도 모르고 맨날
달팽이가 느리다 했어

비밀을 아는 사람만
달나라 애기를 들을 수 있어
네가 가던 길을 멈추면

달팽이는 안테나 두 개를 켜고
오늘의 달나라 날씨부터 들려 줄 거야.
하지만 절대
내 친구를 함부로 만지면 안 돼.
그랬다간 우주선을 타고 다시
달나라로 가버릴지도 몰라
영영

그러니까 달팽이를 만나면
여섯 배 느리게 쪼그리고 앉아
여섯 배 천천히 말을 건네고
여섯 배 쉬면서 답을 기다려
그러면 너도 친구가 될 거야
잘 하면 우주선도 태워줄 거야

방울토마토

방울토마토들이 접시 위에서
웃음참기 내기를 해요
통통통통 춤추다가
어깨만 스쳐도 웃음이 나올까 봐
꼭꼭꼭꼭 입을 막고
데굴데굴 구르느라 탱탱한 볼이
모두 빨개졌어요

초록모자 눌러쓰고
춤도 안 추는 방울토마토
가만히 돌려놔 봤더니
이미 빵 터져서
혼자 키득키득 웃고 있어요
나도 빵 터져서 같이
크득크득 웃고 있어요

친정엄마

너무 늦어서 어쩌나
너무 어두워 어쩌나

밥 한 술 뜰 때마다
맛난 반찬 올려주시더니
바리바리 살림 챙기시며
발 동동 구르시던 당신

고속도로를 달리다가 문득
까만 하늘에 높이 떠서
어둠 밝히는 달초롱을 만났습니다
아, 언제 따라오셨는지요?

집으로 오는 내내
차창에 기대어
달초롱이 당신인 양
오래오래 눈맞추었답니다

이승은

흘러흘러 평화로운 마음에
돌 하나 살포시 퐁당

"시 쓸 때가 제일 좋아요. 일하다가 힘이 들면 커피 한 잔 들며 시를
쓰곤 하죠. 그때 그때 떠오르는 생각을 쓰는데, 요렇게 저렇게 다듬
다 보니 짧은 시가 되고 노래가 되니 행복하네요."

또르륵
또르륵 빗소리
심장을 둥둥

1966년 경기도 양평에서 태어난 이승은 시인은 물좋고 공기좋은 양평에 살며 자신보다 가족의 행복을 노래하는 세 자녀의 엄마로 살아가는 행복을 느끼는 우리 시대의 전형적인 워킹맘입니다.

"늘 사랑하는 마음을 가득 채우며 주어도 주어도 부족한 게 사랑이구나 느끼면서 사는 삶이 행복이지요. 세 자녀의 엄마로 살아가는 행복을 마음껏 누리며 살고 있습니다. 중년의 모습이 제일 아름답게 보이는 내 자신을 사랑해 봅니다."

주업이 사람을 대하는 일이라 사람에 치여 힘들 때도 항상 밝은 미소로 주변 사람들을 편하게 대해주는 우리 시대에 꼭 필요한 프로 상담사이기도 합니다.

"시는 사랑이잖아요? 사랑은 바라는 것보다 아낌없이 주는 마음이라고 생각해요. 시를 쓰는 마음으로 고객을 대하니까 행복할 일만 생기네요. 감사한 일이죠."

107

비우라 한다
비워야 채울 수 있다고
비울 것도 없는데

채우라 한다
빈 자리에
채울 것도 없는데

무엇을 비우고
무엇을 채울까

- 이승은의 '고객을 만나기 전' 중에서

　언제나 밝은 마음으로 순수한 소녀의 심성으로 시를 쓰며,
인생을 설계하는 시인의 모습에서 밝은 미래가 보이는 것은
당연한 일입니다.

　가족과 이웃을 소중한 고객처럼 여기는 시인의 밝은 마음
으로 〈시가 흐르는 골목길〉을 밝힐 수 있어 행복합니다.

두물머리 사랑

저 넓은 물줄기
발길 끌어들이는
돛단배 한 척

흘러흘러 평화로운 마음에
돌 하나 살포시
퐁당

서로 만나 꼭 끌어안은
너와 나 사랑
진한 키스

흘러흘러 끝까지 사랑 전하고
내 사랑 입맞춤에
노을 지는 두물머리

복숭아 사랑

고생 많이 시켜서 미안해
항상 웃어줘서 고마워
사랑해

그대가 남겨주신 마음
찌릭 찌리릭

복사꽃 필 때 만난
향긋한 향에
스며든 사랑

한 입 물기도 전에 떠난
그리움 가득한
복숭아향
오세요 오늘만큼은

둘이 손 잡고

가까운 하늘
푸른 잔디에
벌러덩

널 만나 품었던
수줍은
보조개 콕

살짝 품은 사랑

보여줄 수 없는
이 사랑
가득 고인 사랑
퍼낼 수 있다면

눈물 찔끔
푸른 바다
훨훨 날아

볼 수 있을까
만날 수 있을까
당신
참 그리운 사랑

빗줄

가녀린 마음 보이는구나
함께 걸으니

오늘은 너와 부르스로 보내야겠다
음악에 맞혀 사사뿐

사랑하고 싶어라
오늘만큼은
음악에 취해

비가 좋은 여자

또르륵 또르륵
빗소리
심장을 통통

용솟음 친다
뜨거운 맥박이

비가 좋다
흙내음 퍼트리는
방울 방울마다
옥잠화 사랑으로
싹 틔우고 싶다

할매

톡톡 분가루
얼굴이 뽀얘졌다

걸쳐 입은 몸뻬
쓰윽 치켜 올리시곤
하늘 한 번 보시는
할매
영락없는 이십대다

빙그레 웃고 있는
지팡이를 보시고
오무라진 입술을 달싹거리며
내 나이 돼봐라
할매 마음 알끼라

이인환

시를 쓰며 행복한 시간을 보내니까
더 행복한 일들이 생기더라

"시는 가장 좋은 소통의 도구입니다. 아픔을 표현해 주니 같이 아
픈 이들이 다가와 주고, 행복을 표현해 주니 가까운 가족과 이웃이
행복해 하더군요. 그렇게 시를 쓰면서 행복한 시간을 보내니까 날마
다 더 행복한 일들이 생기더군요."

- 이인환의 〈소통과 힐링의 시창작교실〉 중에서

좋아라
좋아라 견줄 게 없으니
척할
그와라 그와라
게 없으니

 1965년 경기도 이천에서 태어난 이인환 시인은 불혹을 갓 넘길 무렵에 아내를 잃고 어린 두 딸을 홀로 키우며 힘들었던 절망과 좌절의 시기를 독서와 글쓰기로 극복했다고 합니다.

 평생학습 현장에서 독서지도와 글쓰기 강사로 활동하며 학생, 학부모, 어르신들과 함께 했던 경험담을 엮어 〈소통과 힐링의 시창작교실〉을 집필했고, 지금도 많은 이들과 함께 시로 소통하며 힐링하는 자리를 만들어 가고 있습니다.

 시인은 〈아버지 어머니 그리움 사랑〉, 〈아버지로 산다는 것〉이라는 개인 시집을 통해 아버지, 어머니, 딸 등 가족에 대한 많은 시를 발표하며 소통과 힐링의 시를 널리 보급하는데 큰 힘을 보태고 있습니다.

 "시는 제 삶의 활력소입니다. 아내를 잃은 절망의 시절을 극복할 수 있었던 것도, 사춘기 두 딸과 원활히 소통할 수 있었던 것도, 평생학습 현장에서 수많은 이들과 함께 교유하며

117

행복한 삶을 추구할 수 있었던 것도 소통과 힐링의 시가 있었
기 때문에 가능한 일이라 생각합니다."

　시인은 시를 통해 두 딸과 소통했던 기쁨을 더 많은 이웃
들과 나누고 싶어 '시가 흐르는 골목길'을 펼치고 있다고 합
니다. 시인의 소망대로 우리의 골목길이 이웃들의 사랑노래
로 가득 채워지기를 기원해 봅니다.

　　　꽃이 피었습니다 활짝
　　　그 옛날 순이 철이 동무들 술래잡기
　　　앞옆뒷집 너나들이 울려퍼지던
　　　골목골목 정겨운 웃음소리
　　　화알짝 화알짝
　　　꽃으로 피었습니다
　　　　　　　　　　　- 이인환의 '시가 있는 골목길' 전문

가족

말이 없어도
하늘이
든든한 이유를 알겠다

산이 바위가
나무가

굳건히
뿌리 내린
힘을 알겠다

결코 변함없다는
믿음이 충만한
생의 근원

꽃씨 단단히
영그는
계절의 마음도 알겠다

쌀비

배부를 때 내미는 밥은 밥이 아니다
사랑이 넘칠 때 보태는
사랑은 사랑이 아닐 수 있다
가뭄에 타는 태양이
장마에 보태는 빗줄기가
우리가 바라는 세상이 아니듯

쌀비가 되자 쌀비가 되자
그대여 우리
더도 말고 덜도 말고
딱 요만큼
눈치코치 잘 챙기는
쌀비가 되자

첫사랑
- 딸에게

첫사랑은 깨진다는데
정말이냐고?
흐훗 글쎄다

나만은 꼭 이루고
싶은데
어떻게 하냐고?

너무 잘 하려 말고
너무 받으려고만
하지 않으면….

뭐, 엄마가
첫사랑이냐고?
흐훗
비밀이다

딸바보라고요?

먼 훗날 아주 먼 훗날 너 살아 있었을 때
지구별에서 제일 잘 한 게 뭐냐고
예수님 부처님 공자님 소크라테스 알라님
누구라도 묻거든 두 딸 만들어 놓고 왔다고
머리 조아리며 아뢰겠습니다
여름 땡불볕 아빠 얼굴 타면 안 된다고
선크림 챙겨주는 고운 딸들
예쁘게 만들어 놓고 왔다고 연신연신
조아리고 또 조아릴테요

더 놀다 오라고 그 예쁜 딸들 남겨놓고
어떻게 왔냐며 발로 엉덩이 차서
다시 지구별로 내동댕이 칠 때까지

작은 들꽃들의 소식

좋아라 좋아라
견줄 게 없으니

고고만한 자세로
낮고 낮게

올망졸망
똘똘망

고와라 고와라
척할 게 없으니

곱고운 얼굴로
흔하디 흔하게

벙긋벙긋
배시시

순대국

그리움은 입안에도 한 가득
어느 하나에도 머물지 않은 곳이 없다
냄새조차 맡기 힘들어 하던
순대국 앞에 놓고 문득
입이 짧아 험한 세상 어찌 살겠냐며
먹성이 좋아야 잘 산다던 어머니 말씀
어른어른 어른이 되어
애써 찾은 맛집 허름한 식탁에
송글송글 새겨진 세월을 헤어본다
세월이 새겨놓은 그리움을 챙겨본다
그리움은 입안에도 한 가득
어느 하나에도 머물지 않은 곳이 없다

꽃처럼

어떻게 하면 사랑 받냐고?
별거 있나 웃어주니 사랑 받지
울고 싶을 땐 들을새라 깊은 밤
달 별 어둠 벗 삼아 울어도 보고
날새면 걱정할까 이슬이라 속여가며
아무렇지 않은 듯
만나는 이 누구라도
어디서나 웃어주니
사랑 받지

이정희

해님도 좋아라 미소 짓고요
바람도 즐겁다고 꽃잎 날려요

"자식을 키울 때는 젊어서 정신없이 바쁘게 사느라 여유가 없었는데, 어느 새 할머니가 되어 보니 밝게 미소 짓는 아이들의 모습이 가슴에 환하게 새겨지네요. 누구나 아이들의 해맑은 미소를 보면 행복해 하잖아요. 저는 요즘 동시를 쓸 때마다 아이의 해맑은 미소를 떠올리며 순간순간이 행복함을 느끼곤 합니다. 그런 맛에 동시에 폭 빠져 있고요."

어느새
정이 들어
둘도 없는
친구 됐네요

이정희 님은 1952년 충남 서산에서 태어났습니다. 슬하에 두 아들을 두고 있으며, 젊은 시절에는 가난한 공무원인 남편을 만나 바쁘게 살았고, 중년이 되어서는 3선에 성공한 이천시장으로 명성을 쌓은 남편을 내조하느라 안팎으로 정신없는 삶을 살았다고 합니다.

그동안 장르를 가리지 않고 독서를 좋아하다가 시의 매력에 빠져들 무렵에 첫 손녀를 보았다고 합니다. 손녀의 모든 행동이 하루하루 다르게 다가오면서 너무도 신비하고 예쁜 모습에 또다른 즐거움과 행복감을 느꼈다고 합니다. 손녀의 눈빛 손짓 발짓까지 그 어느 것 하나 놓치고 싶지 않아 그때마다 메모하기 시작한 것이 동시가 되고 동요가 되었고, 그렇게 손녀의 첫돌에 동요음반을 만들어 선물한 할머니가 되었다고 합니다.

"시는 내 마음을 편하고 맑게 지켜주기도 하지만, 그렇게 표현한 마음을 통해 상대와 소통하는데 가장 중요한 도구이기도 하네요. 시를 쓰면서 내가 좋아지니까 상대도 좋아하니 행복이 배가 되네요."

동시를 쓰면서 느낀 소통과 힐링의 기쁨을 더욱 확장하고 싶어서 요즘은 가까운 이들과 함께 하는 소통의 시를 쓰고 있다고 합니다.

꿈인가 생시인가
당신의 숨소리가 들려 깨어보니
당신은 아니 보이고
베고 주무시던 베개만이
저를 올려다 보고 있네요

- 이정희의 '빈 자리' 중에서

출장이 잦은 남편을 위한 그리움을 담은 '빈 자리'는 내조하는 아내의 살뜰한 마음을 오롯이 담고 있는 아름다운 마음을 담아 〈시가 흐르는 골목길〉을 곱게 수놓고 있습니다.

예쁜둥이 친구들

꽃밭에서 아장아장
걸음마 하던
우리집 귀염둥이
예쁜둥이 우리 아기

숨바꼭질하던 병아리 잡아보려고
꽃밭에 주저앉아 손을 내미네

삐약 삐약 삐약 병아리 좋아라 하며
어느 새 예쁜둥이 친구되었네

팔랑 팔랑 팔랑 나비도
샘이 났는지
귀염둥이 머리에 앉아 친구하재요

꽃나들이

꽃향기 날리며 춤추던 꽃잎들이
동그란 분홍색 방석을 만들었어요
엄마와 나들이 나온 귀여운 아기
꽃방석에 앉아 조그만 손을 내밀며
조심조심 꽃잎 하나 입에 물고
엄마 얼굴 바라보며 웃음지어요

꽃향기 물들은 예쁜 엄마 얼굴
따사로운 봄 햇살에 빛이 나구요
손바닥에 내려앉은 꽃잎 신기해
요리조리 바라보며 짝짜꿍 하니
해님도 좋아라 미소 짓고요
바람도 즐겁다고 꽃잎 날려요

예쁜둥이

싱그러운 바람 불던 봄날
꽃 한 송이 찾아왔어요

꽃송이 너무 예뻐
예쁜둥이라 부르죠

예쁜둥이 옹알이에
할아버지 얼굴에 웃음꽃 피고

예쁜둥이 재롱에
할머니 얼굴에도 웃음꽃 펴요

잠자는 예쁜둥이 보는
엄마 아빠 얼굴에도 미소가 가득

우리집 예쁜둥이
꽃밭이랍니다

빈 자리

꿈인가 생시인가
당신의 숨소리에 깨어보니
당신은 아니 계시고
베고 주무시던 베개만이
저를 바라 보고 있네요

자는 얼굴 바라보며
예쁘다고 해주시던
당신 말씀

빈말인 줄 알지만
그래도 그 마음이
너무 고마워

다시 한번 새겨 보니
당신의 빈 자리가
더욱 그립습니다

그리움

임을 향한 마음이 그리움 되어
잔잔한 물결이 되어 다가오더니
어느 새 출렁이는 파도가 되어
밀려왔다 밀려가며
애간장을 태웁니다

나의 마음 임 그리는 물새 되어
하늘을 날아 올라
떠도는 구름에게
임의 소식 물어봐도

불어오는 바람이
임의 향기 전해줄까….

나의 임은
그 어디에도 아니 계시고

멀리 돌고 돌아 지친 마음
보듬어 안고
가만히 눈 감으니
이 마음 속에서 잔잔한 미소로
반겨줍니다

윤석구

첫 만남처럼 설렘으로 살자
꿈과 희망은 그곳에서 자란다

"요즘 아이들이 태어나고 자란 도시와 아파트를 고향이라고 하지
않으니 그들에겐 사실상 고향이 없는 것과 마찬가지예요. 요즘의 고
향은 태어나고 자란 공간이 아니라 우리의 동심을 키워준 공간으로
봐야 한다고 봅니다. 곧 동심이 우리들의 아름다운 고향인 거죠. 따
라서 어른들이 동요와 동심에 관심을 가져야 합니다. 그것이 요즘 아
이들에게 아름다운 마음의 고향을 만들어 주는 일이기 때문입니다."

동요작가이기도 한 윤석구 시인은 1940년 충남예산에서 태어났습니다. 회사 평직원으로 입사해서 가구회사 사장(상일가구와 에이스침대)으로 75세에 퇴임하기까지 47년 동안 한 직종에 뿌리를 내렸습니다.

"우리 때는 먹고 살기 위해 일만 생각해야 했지요. 그런데 나이를 먹어가니까 뭔가 자꾸 의미있는 일을 하고 싶은 거예요. 환갑 무렵에 아이들이 미래라는 생각으로 동요를 써봤습니다. 그때 동요 작곡가로 이름이 난 김영광 씨가 몇 편 작곡을 해준 것이 인연이 되어 지금까지 동요에 푹 빠져 있습니다."

시인은 그 후로 동요문화협회 회장을 맡고 있으며, 비영리법인 민간동요단체 한국동요사랑협회 고문으로 동요보급 운동에 힘쓰고 있습니다. 시인은 그동안 사람들에게 여러 가지 직함으로 불렸던 그 어떤 말보다 아이들이 불러주는 '동요 할아버지'라는 말이 듣기 좋다고 합니다.

"시는 누구나 쉽게 접할 수 있어야 한다고 생각해요. 그럴 때 누구나 '저것은 내 이야기야'라고 생각하며 뭔가 느끼며 삶을 되돌아보게 하는 거죠."

이성을 자극하는 말은 아무리 좋은 말이라도 잔소리로 들릴 수 있습니다. 하지만 동요나 시로 아이들과 이웃들에게 감성을 자극한다면 이보다 더한 소통이 어디 있을까요?

동심으로 우리들의 아름다운 고향을 떠올리게 하는 동요 할아버지와 함께 '시가 흐르는 골목길'을 열 수 있어 행복합니다.

시가 흐르는 골목에서

노을처럼 빛난다
지나가던
할머니
더듬 더듬
시를 읽어가는
뒷 모습이

주차장 같았던
골목길
예쁜 화분이 대신 반기며
꽃처럼 환한
시어들이 날마다
새록새록
피어나 행복하다

왜 시를 쓰냐고?

하고 싶은 것이
많았다
어릴 적에

그때 그 소년이
아직도
내 안에서
놀자고 해서

살아 보니

아름다운
꽃도
홀로
피어 있으면
외롭더라

거기
- 건망증 일기

그거
어딨어요?
거기

거기를
알면
뭣하러
물어 봐요

그거나
거기나
생각이 안 나
그러면서

우리는
하룻밤 자고 나면
또 물어본다

기분 좋은 날

시외버스 탔는데
옆자리에
인상 고운
여인이 와서
앉은 날

택시를 기다리는데
뒷줄보다
앞줄이 짧은 날

장마철 우산도
못 챙겼는데
날씨도 내 편인양
마냥
좋은 날

소나기

하늘나라
아낙들
맑은 물동이 이고
수다를 떨다가
천둥소리에
놀래
와르르 쏟아 버리고
먹구름 뒤로 숨어 버리네

홍시

살금 살금
울 밖으로 넘어 간
가지 끝 감 하나

누굴
바라보다가
그렇게 붉어 졌느냐

행복해서 시를 쓰는 게 아니라

시를 쓰면서 행복한 시간을 보내니까

더욱 행복한 일이 생기더라